Kotter Editorial

2021

coordenação editorial
Sálvio Nienkötter
Marcos Pamplona

editor executivo
Daniel Osiecki | Raul K. Souza

editora-assistente
Isadora M. Castro Custódio

capa | projeto gráfico
Paula Villa Nova

produção
Cristiane Nienkötter

editora-adjunta
Francielli Cunico

Dados Internacionais de Catalogação na Publicação (CIP)
Angélica Llacqua CRB-8/7057

Sabino, Amadeu Lopes
Curitiba: Kotter Editorial, 2021.
100p.

ISBN 978-65-86526-87-5

1. Literatura portuguesa 1. Título "Quinas e Flores"

CDD B869.1

20-2045

Kotter Editorial
Rua das Cerejeiras, 194
82700-510 | Curitiba/PR
+55 41 3585-5161
www.kotter.com.br
contato@kotter.com.br
1ª edição
2021

Kotter Editorial - Portugal
Rua Miguel Bombarda, 270
10° andar - 2830-289
Barreiro - Portugal
+351 914 896 452
www.kotter.com.br
contato@kotter.com.br
1ª edição
2021

Amadeu Lopes Sabino

UINAS E FLORES-DE-LIS

Eunice Small de Albuquerque Gonzalez

In memoriam

Imagens caóticas de formas e cores assaltavam os sonhos de Maria Sabina de Albuquerque. No interior de um losango crescia uma rosácea azul e vermelha, composição de pétalas que aumentavam de volume até quebrar os lados do losango, de cujos vértices pendiam, decompondo-se, rosáceas menores. Em explosões de tons de azul e vermelho, o conjunto metamorfoseava-se em castelos de nuvens, grandes como montanhas. Maria Sabina de Albuquerque acordava exausta. Saía da cama, ia beber água à cozinha, esforçava-se por afastar as imagens que a reenviavam ao dia aziago do suicídio de Fernando Correia Dias. Vira-o deitado no chão, já com a rigidez da morte, de olhos fixos no teto, de onde pendia, desarticulado, o candeeiro de ferro forjado a cujos braços o suicida atara a corda da rede de descanso com que se enforcara. A mulher tinha descido o corpo do instrumento de suplício, e a cabeça inerte ocupava o centro da rosácea azul e vermelha do tapete da casa de jantar. Nessa extravagante manhã de novembro de 1935, na Confeitaria Colombo, no Centro do Rio, Maria Sabina aguardara Manuel Bandeira com quem preparava um recital de inéditos do poeta.

Eram 11 horas, o encontro estava marcado para as dez e meia. Manuel Bandeira entrou, sem chapéu e por barbear. Acabara de saber do suicídio e arrastou Maria Sabina até à morada de família de Correia Dias e Cecília Meireles.

— Mas não é oportuno – protestou ela já no táxi –, é um momento de recolhimento familiar, estamos a mais! – E acrescentou constrangida, pouco segura do que afirmava: – Somos estranhos. Seremos sempre...

Manuel Bandeira, de lágrimas nos olhos, insistiu:

— Cecília precisa de nós numa situação destas. Sozinha, a pobre, com as meninas! Todos morrem em torno dela, pais, irmãos, a avó há pouco meses, e agora isto. – Abanava a cabeça. – Isto!

— Somos outros. – Maria Sabina compreendeu que acabava de dizer algo de improvável. Tentou emendar: – Não somos da família.

Manuel Bandeira foi definitivo:

— Somos nós! Isso chega para a confortar.

— Afinal... – ia ela dizer, sem laivos de convicção.

Calou-se. Imaginou as mãos de Fernando, dedos estreitos, compridos, unhas pequenas, mãos de artista plástico, que, meses antes, tinham agarrado as dela, numa tensão que era um pedido de socorro. Afinal, ela, Maria Sabina de Albuquerque, a amiga, ou antes, a conhecida do casal com quem o pobre Fernando tentara a cumplicidade, tinha sido incapaz de responder ao grito mudo, contido como uma arma de arremesso, anúncio do ato fatal. "Pobre Cecília, bem precisa de apoio", insistia Manuel Bandeira, a caminho do Estácio. O casal vivia no número 11 da rua de São Cláudio, um sobrado modesto, com um quintal de pouco préstimo, num cenário que a Maria Sabina pareceu próprio de uma tragédia sem grandeza. Foi a cabeça e não as mãos de Fernando que ela viu através da barreira policial que separava o cadáver da família e de quem ia chegando, vizinhos, sobretudo vizinhas, gente do Estácio, bairro de imigrantes, jornaleiros e boémios. Hirta, lastimosa, a cabeça jazia sobre a rosácea central do tapete de Arraiolos, o arraiolo, como se diz no Brasil, que os donos da casa tinham adquirido na recente viagem a Portugal. "Cecília precisa de ajuda", murmurava Manuel Bandeira, numa espécie de ladainha. Precisaria? Maria Sabina não tinha a certeza. Cecília recebeu-os com a frieza cortês que a caracterizava, própria de uma tímida que pretendia refugiar-se na altivez (era essa, pelo menos a opinião de Manuel Bandeira). De rosto enxuto, mandava a criadinha negra levar as filhas à escola, decidindo que seria melhor ocupá-las do que retê-las em casa. "É o Dia da Bandeira", disse, "vão distrair-se, têm de sair deste inferno." Depois, recebeu o médico legista, o delegado, os cangalheiros, tudo isto com uma impassibilidade em que Maria Sabina percebeu indiferença pela morte do marido.

— Não foi um suicídio, foi um assassínio coletivo – murmurou Cecília, abraçando Manuel Bandeira à despedida. – Assassinou a mulher e as filhas. Um massacre. – "Sempre de perfil, prestes a pousar para um medalhão", cogitou Maria Sabina, desejosa de se afastar daquele pequeno mundo em que se sentiu uma estranha.

— Uma mulher de coragem – disse Manuel Bandeira, já na rua. Desculpava a atitude da mulher do suicida ou tomava por virtude aquilo que a declamadora tinha por defeito ou, pelo menos, por imperfeição de caráter? – E depois esta turba que entra e sai, como se viesse assistir a um espetáculo!

— Manu – disse Maria Sabina em voz baixa, – que manhã extravagante! A morte e o luto, a vida e a morte. E esta primavera agreste, calor e frio, vento e sol, e um céu baixo, sufocante! E este homem que hoje, logo hoje, se suicida numa encenação sinistra, dependurado de um candeeiro.

— Um pelourinho doméstico.

— Uma forca imaginada e fabricada em casa, em frente da mulher e das filhas. Não teria sido mais compreensível um suicídio a tiro de pistola, no ateliê?

— O pobre era um pintor sem ateliê – observou Manuel Bandeira. – Durante uns anos ainda usou um barraco no fundo do quintal para pintar. Deixou as tintas e passou a desenhar em casa, enquanto a mulher poetava também em casa, cada um no seu canto da mesa elástica da sala. A mesma sala onde se enforcou. Afastou a mesa e dependurou-se do candeeiro. Foi assim.

Maria Sabina não se conteve:

— Um tanto promíscuo, não te parece? De qualquer modo, um suicídio a tiro seria mais digno. O fuzilamento era reservado aos nobres, a forca para o povinho. Não percebo por que Fernando acabou deste modo plebeu. Que é que você acha, Manu?

— Que é que eu acho, menina!? Acho que você pensa como uma aristocrata, mesmo confrontada com a morte. É certamente sua costela Albuquerque que fala.

— Mas que ideia! – Com um gesto largo, Maria Sabina afastou a suspeita genealógica. – A minha avó costumava dizer que é melhor não procurar com demasiado afinco as raízes das árvores genealógicas brasileiras. Corre-se sempre o risco de ir parar ao mato ou à cozinha.

Os Albuquerques do Rio Grande do Sul formam uma tribo que, com tantos ramos e braços quantos os próprios de uma interminável árvore, se inscreve na história dos estados meridionais do Brasil. Originária de Portugal, uma linhagem homónima terá aportado no século XVI ao Nordeste do atual Brasil. O ramo meridional dos Albuquerque surge em Porto Alegre na segunda metade de setecentos, longinquamente aparentados com os do Nordeste e com reforçada filiação nos de Portugal. Com razões e méritos sanguíneos, todos os Albuquerques (sobretudo todas as Albuquerques) descendem, remota e indiscutivelmente, do segundo vice-rei das Índias, o Alexandre lusitano que, no século XVI, conquistou meio mundo para a Coroa portuguesa. Antes disso, descobrira a outra metade disso, acrescentam os Albuquerques brasileiros, meus afins por entroncamento conjugal. Depois de, a montante, ter jurado parentesco com João Gonçalves Zarco, o descobridor da Madeira, a estirpe meridional dos Albuquerques brasileiros une-se, através de um salto de três séculos contados a partir da vida e da morte gloriosas do vice-rei, à linhagem do barão, depois primeiro visconde de Pelotas, Patrício José Correia da Câmara, açoriano de nascença, cavaleiro fidalgo da casa real portuguesa e da casa imperial brasileira e comendador da Ordem de Cristo, que viveu entre 1744 e 1827.

Neto do notável por via materna, José António Correia da Câmara (o sobrenome do pai perdeu-se na transição de gerações), seria o segundo visconde de Pelotas, sagrado herói na guerra do Paraguai, o episódio, sangrento e desmedido, fundador das nações do Cone Sul. Comandante das forças brasileiras na batalha de Cerro-Corá, derrotou o exército paraguaio numa manobra de envolvimento inspirada na estratégia de Bonaparte (referência constante para militares e políticos latino-americanos da época), aprisionando Solano López, presidente e generalíssimo da nação guarani, feito que assinalou o termo das hostilidades. Terá sido ele quem, na sequência da detenção, executou expeditamente o caudilho? São contraditórias ou imprecisas as versões que apresentou da feliz ocorrência. "O tirano foi derrotado", escreveu em comunicação redigida a lápis ainda no acampamento inimigo, "e não querendo entregar-se foi morto à minha vista. Intimei-lhe ordem de render-se quando já estava completamente derrotado e gravemente ferido, e não o querendo foi morto." Nesse e noutros documentos oficiais, Correia da Câmara não indica quem disparou o tiro que matou Solano López, ambiguidade retórica que não o impediu de, aos 46 anos, receber a dignidade de visconde e a promoção a general, seguida do bastão de marechal. Matou, desejou, mandou ou deixou matar? Como na morte de Júlio César ou na de Fiodor Karamazov, a dúvida é especulativa e a resposta matéria protocolar. Certo é que, em total desrespeito das normas consuetudinárias da cortesia militar, Solano López foi sumariamente executado *in loco*, para exemplo do que restava do seu exército, esfrangalhado pela tríplice aliança do Brasil, Argentina e Uruguai.

Por casamento com a sobrinha Rita, filha de uma irmã e do visconde de São Leopoldo, José António herdou o palacete da rua da Igreja (hoje duque de Caxias) em Porto Alegre, que, com o decurso de impérios e séculos, seria conhecido por solar dos Câmara. O edifício é sóbrio, sem grandes luxos nem estilos, próprio de uma aristocracia de fronteira, boa cepa de militares e magistrados que em meia dúzia de anos se promoveu como pôde, longe dos requintes da Europa e com o beneplácito da corte do Rio. Eu quis visitar o solar, mas a epidemia encerrara os espaços públicos, e os funcionários, tão zelosos quanto indolentes, negaram-me todas as esperanças. No único café ainda aberto na praça da Matriz, dois homens sorviam em silêncio o chimarrão. Num dos espelhos que ampliavam o espaço do local, uma inscrição cabalística: *Fé, café e cafuné*. Porto Alegre mergulhara na misantropia do confinamento, princípio metafísico de supressão do sujeito que me provocou um incoerente presságio de culpa. Entre as colunatas do palácio de Piratini e os blocos de betão do palácio Farroupilha, adivinhavam-se os jardins do solar dos Câmaras. Praças desertas, ruas pardas. A catedral era uma basílica de cartão e cola. Vi o solar da rua, através de sete sacadas dispostas em comboio que deixam suspeitar um interior de salas e corredores onde perduram os traços discretos de gente com vocação de poder. Era pouco. Para a visita imaginária vali-me do livro editado pela assembleia legislativa do Rio Grande do Sul, acervo de fotografias comentado por Tabajara Ruas, que, em prosa tensa, a mesma com que escreveu *Os varões assinalados*, trágica epopeia da revolução Farroupilha, decifrou os ecos de quem viveu no solar. Paredes cor de rosa e mostarda, janelas abertas sobre um jardim recôndito, os senhores do solar devem ter sido gente severa, marcada pela personalidade do visconde de São Leopoldo, jurista, historiador e político, um homem do Renascimento que, exilado no século XIX, fundou a cidade de que recebeu o título, homenagem à imperatriz Leopoldina destinada aos primeiros colonos germânicos da província. Este visconde, que privou com dois imperadores e, através da pena e da ação, definiu a geografia política do atual Rio Grande do Sul, mereceria por si só uma biografia ou, melhor ainda, um romance, empresa que, com algum pesar, deixo para outra ocasião.

O genro Correia da Câmara, marechal um tanto arrivista, pertencia à casta dos gaúchos fronteiros. As famas marciais e o domínio dos eufemismos destinaram-no à política na idade madura. Senador e ministro do Império, liberal e federalista, seria presidente da província do Rio Grande do Sul por nomeação da República já em fim de vida, que, não tendo sido longa, foi repleta de feitos e honras. O retrato oficial mostra-o de barba espessa, cabelo ralo e olhos carregados. Era homem que necessitava de inimigos para não enferrujar as armas e as pernas. Peripatético de destino, pouco tempo permaneceria no solar, que deixou nas mãos da sobrinha e mulher. "Entra o sol neste momento, e eu sinto, minha querida Maria Rita, a mais amarga saudade", escreve-lhe durante uma das primeiras campanhas. "Estou acampado no meio do campo, e tudo junto de mim é solidão. Vejo-te com o pensamento e aos meus filhos, tão ardentemente queridos, e sinto não poder apertá-los contra o coração!" Assina: "Teu amante marido, José António." De acordo com uma das muitas e fantásticas versões do encontro com Solano López do futuro marechal Câmara, este teria chegado ao local da batalha um dia depois da morte do caudilho paraguaio.

Transcrevo a prosa exata de Tabajara Ruas: "E para que a Lenda não renascesse ou apenas para exorcizar um pavor, enterrou a espada no morto até o cabo."

Pois foi uma tia deste guerreiro indómito e sensível, Ana Correia da Câmara, filha do primeiro visconde de Pelotas, que casou com o fazendeiro José Medeiros de Albuquerque na primeira década do século XIX. Da união das duas casas nasceram, cresceram, notabilizaram-se tanto quanto puderam e multiplicaram-se Albuquerques de todos os tamanhos e credos. Há-os cristãos e ateus, maçónicos e judeus, fiéis patriotas brasileiros e insurretos independentistas, federalistas e farroupilhas, positivistas e idealistas, monárquicos reais e imperiais, soldados, generais e marechais das tropas implicadas nas contendas em que o Rio Grande do Sul, Santa Catarina e o Paraná têm sido useiros. Nas sagas de Érico Veríssimo afloram Albuquerques de primeira e segunda geração e sobressaem Anas, um nome próprio comum das mulheres da tribo em sucessivas e vastas idades. Já no século XX, regista-se um ramo que abraçou o judaísmo por via da aliança de uma Albuquerque com um judeu de família asquenaze originária da Bessarábia. E há até quem suspeite da presença, por oculta bastardia, de sangue Albuquerque na "heroína dos dois mundos", a brava Anita Garibaldi, mulher do *condottiere* italiano que das guerras do Sul do Brasil passou para as batalhas da unificação da Itália.

Maria Sabina de Albuquerque, uma das glórias da linhagem, atravessou o século XX com o garbo próprio de grande dama da poesia e dos primórdios do feminismo. Nascida em 1898 em Barbacena, cidade de Minas Gerais onde o pai, João Pedro de Albuquerque, médico sanitarista, exercia funções, merece ser recordada pelo que foi e, como soe acontecer nas gestas familiares, pelo que poderia ter sido, ou, no que lhe diz respeito, pelo que seria de esperar que tivesse escrito e publicado. Declamadora desde a infância e poetisa desde a adolescência, cultivou sobretudo a oralidade, o que a coloca, neste aspeto e de acordo com entusiastas hagiografias de parentes e discípulas, a par dos grandes vates da antiguidade clássica. Estuda no Rio, provavelmente filosofia, então um ramo das letras, e filologia, então um ramo da filosofia. Incentivada pelo pai, aperfeiçoa o inglês e o alemão em Cambridge, onde reside durante um ano. "Um desterro", escrevia a mãe. A senhora perdera duas filhas, vitimadas pela febre amarela, e queria Maria Sabina e o irmão José Joaquim sempre por perto, debaixo do olho clínico do marido. "Essa tua Inglaterra é o meu desterro", insistia. "O desterro é aqui, mamãe", diria ela, meses depois do regresso. Ensina francês no colégio de Santa Doroteia, alemão no Sion e inglês no D. Pedro II. Segue os cursos da arte de dizer de Ângela Vargas, e especializa-se, lê-se nas enciclopédias, na interpretação de poesia, artes dramáticas e terapia da fala. Diz poesia em saraus e casas de amigos, o que a aproxima da geração esplêndida de Manuel Bandeira, Carlos Drummond de Andrade, Cecília Meireles e Mário de Andrade que, do parnasianismo de Olavo Bilac e do simbolismo de Cruz e Souza, transitam jubilosamente para o modernismo. Espírito independente, colabora com Berta Lutz na Federação Brasileira pelo Progresso Feminino e é a primeira mulher a dirigir um automóvel no Rio de Janeiro, o que a relaciona nas estatísticas com o cidadão Bilac, o primeiro brasileiro a sofrer um acidente de viação. Seria ela a causa do acidente? Eis um belo tema para uma douta investigação universitária, afirmam os seus admiradores. Tratar-se-ia, admito, de uma tese extravagante, adjetivo que Maria Sabina costumava usar.

Quando Bilac morre, coroado príncipe da poesia em vida e na eternidade, ela, filha talentosa de família com posses, dedica-se a honrar a memória de uma obra de que se considera discípula. Faz da arte de dizer uma profissão, e cria em 1921 uma classe de declamação para raparigas (moças, diz-se no Brasil) que denomina Curso Olavo Bilac da arte de dizer. Sequência do Curso da arte de dizer a palavra, de Ângela Vargas, de que vão surgindo réplicas em todo o Brasil, o curso funcionará durante sete décadas, deixando traços na dicção carioca, não apenas de damas da sociedade, mas também na de atores e oradores. "A voz", lia-se num dos impressos de publicidade da instituição, "é o reflexo da personalidade, transporta ideias e emoções que devem ser comunicadas com nitidez, de modo a que os ouvintes as entendam com clareza, algo de essencial no espetáculo, na política, nos negócios e na vida quotidiana."

No Rio, o Curso Olavo Bilac da arte de dizer começou por receber as filhas da média burguesia, gente da Tijuca, do Botafogo e do Cosme Velho que desejava educar a descendência feminina na herança poética europeia, preparando as adolescentes para o papel de donas de casa capazes de animar serões de convidados. Nesses tempos remotos, o imaginário brasileiro encontrava inspiração na novelística e no teatro de Portugal, e os serões literários dos Maias serviam de modelo às famílias cariocas em ascensão, casais ambiciosos, desejosos de referências nos jornais, que convidavam poetas, escritores e declamadoras para os saraus domésticos. Com Ângela Vargas, a arte de dizer tinha sido uma especialidade feminina de salão, com encontros sociais de fim de tarde em torno de uma chávena de chá e de um prato de *petits fours*. A declamação por mestras e discípulas queria-se dramática, com esgares de bocas, trejeitos de olhos e sobrancelhas, gestos a condizer e escolha de poemas que, pela teatralidade do tema e musicalidade do verso, apelavam muito à pureza dos sentimentos e pouco à impureza dos sentidos. A escola convencional da grandiloquência, entendia Maria Sabina, era a da vacuidade, dissimulada entre preciosismos e metáforas consuetudinárias. O Curso Olavo Bilac afastou-se da norma e, a par da formação de filhas da burguesia, foi preparando mulheres e até alguns homens para as artes do palco e da oratória política. Maria Sabina quis impor a sobriedade onde primava o excesso. Exigia precisão onde era regra cultivar emoções. "Digam poesia", aconselhava às discípulas, "como se lessem o boletim meteorológico, e deixem as intenções para quem as ouve. Sirvam o poema, não se sirvam dele." Em tempos em que a literatura era sobretudo coisa de homens, ela entrou em literatura pela porta estreita da declamação. A partir de 1921, publica sucessivos títulos que, do êxtase de inspiração parnasiana, se encaminham, nos anos 30, para a apóstrofe simbolista e, mais tarde, para o canto nacionalista. *A sequência do sonho*, antologia datada de 1971, comemoração de 50 anos de poesia, revela o melhor de uma poesia que, entre o soneto e o verso livre, cinzela uma toada lírica cuja qualidade reside no simulacro dos sentimentos. Quanto ao pior, a arte poética de Maria Sabina (assim, sem mais, a autora assina os livros) dispersa-se em cânticos épicos de irrepreensível sinceridade patriótica e de iniludível gosto duvidoso.

Nos anos 70, já reconhecida no papel de *ancilla poesis* (deste modo costumava apresentar-se), vivia em Copacabana, na rua Bulhões de Carvalho, no térreo de um prédio que ocupava o local de uma antiga casa da família, um edifício *arte nova* em cujo jardim havia uma fonte. Era no apartamento de Copacabana que Maria Sabina preparava as classes e recebia alguns alunos a título reservado, figuras públicas que exigiam recato e mulheres em instância de desquite, com poucas ou nenhumas habilitações, que pretendiam adquirir um saber que supunham lucrativo na vida futura. Quem a visitou então (foi o caso de Ana d´Albuquerque, que mais tarde seria minha companheira de corpo, alma e inteligência) conta que o salão do apartamento era dominado por um estrado teatral. A um canto, um piano de armário Sponnangel, a que a mestra recorria para marcar o ritmo do verso. No vestíbulo, acrescenta Lucy d´Albuquerque, outra das parentes que visitou o apartamento na mesma época, a água corria da fonte que tinha pertencido ao antigo jardim da casa. "Uma trova líquida", dizia Maria Sabina, "uma extravagância do meu pai." Ana d ´Albuquerque não se recorda da fonte nem da trova, mas vê ainda, em cima do piano, as fotografias, com dedicatória, de Manuel Bandeira e Olegário Mariano. Maria Sabina era pequena de estatura, elegante no conjunto, harmoniosa de rosto e belíssima de voz, de soprano *leggero*, com timbre claro, doce e limitado. Ana d'Albuquerque, parente em terceiro grau, interrogou-a sobre a ironia na poesia de língua portuguesa, na recolha de dados para uma disciplina do mestrado em Letras. "A ironia", disse Maria Sabina, "é um insulto acompanhado de um sorriso, ora na literatura o sorriso pode ser representado por uma bela figura de estilo ou originar um deplorável exercício de vulgaridade." Sentada em poltrona magistral, falou com conhecimento de causa de textos em que a ironia se aproxima da bonomia e de outros em que raia a sátira, o desagravo, o motejo, o desdém, até o escárnio. Admiradora dos clássicos antigos e modernos, considerava o modernismo brasileiro uma *blague* e, nalguns casos, ou antes, em alguns autores, um defeito de caráter, mitigado pelos anos decorridos desde as arlequinadas da Semana de Arte Moderna de 1922. O tempo tudo envelhece, dizia, sobretudo as modas, escandalosas no momento da fundação e insignificantes uns anos depois. A título ético, Maria Sabina admitia o escárnio, mas não aceitava o desdém, que considerava o mais estéril dos sentimentos e de nula utilidade literária. Não existe, afirmou, grande poesia fundada no desdém, ao contrário do que acontece com o escárnio, o mal-dizer presente na poesia medieval. Ana d'Albuquerque tomava notas, que ainda hoje conserva, num caderno de capa preta com o brasão do defunto estado da Guanabara. De pé, como convinha a uma mestra da arte de dizer, Maria Sabina leu, comparando-os, um poema de Drummond e outro de Sá de Miranda. Ambos poemas de irrecusável eficácia, disse. Começou com "*O amor bate na porta, o amor bate na aorta.*" Passou para "*Comigo me desavim, não posso fugir de mim.*" Mas foi em *Prò pudor*, de Cesário Verde que situou a mais radical eficácia da ironia poética. Disse os dois tercetos com um aprazimento belicoso que a prima, jovem literata, considerou lapidar:

> *Agora, há quase um mês, modernamente,*
> *Ela tinha um furor dos mais soturnos,*
> *Furor original, impertinente...*
>
> *Todas as noites, ela, ah, sordidez!*
> *Descalçava-me as botas, os coturnos,*
> *E fazia-me cócegas nos pés.*

Maria Sabina terá encontrado pela primeira vez Fernando Correia Dias em 1931 ou 1932, no Salão Renascença do Teatro Cassino Beira Mar, na Glória, onde o Curso Olavo Bilac organizava o recital anual das pupilas. Era março e era calor. A mestra apresentou as alunas como as defensoras da memória da língua, o que, sendo exagerado, era pertinente. Vestia uma túnica de cetim beringela que brilhava tanto quanto o cabelo negro, raiado por uma madeixa branca. Era uma sacerdotisa, e as alunas, senhoritas de boas maneiras, uma congregação de vestais. Disseram Camões, Garrett, Guerra Junqueiro, Castro Alves, Bandeira, Mário de Andrade e, em coro, a *Cantata de Dido*, de Correia Garção. Depois do intervalo, a própria Maria Sabina disse com ânimo didático *Vou-me embora para a Pasárgada*, de Manuel Bandeira, e *Sentimental*, de Drummond. Não declamava, dizia cada verso com simulada naturalidade, contendo gestos e expressões. A terminar a função, a mais classificada das alunas, uma futura âncora de televisão, disse, ou antes, recitou com uma convicção excessiva, o *Rimance das donas de Portugal*, de Cecília Meireles, presente na assistência e nesse ano a patrona do curso. A convicção não foi, porém, suficiente para salvar a audição do poema, demasiado longo e irremediavelmente lusitano. Para compor a cena, o anfiteatro, excessivamente grande para um público de familiares, cheirava a mofo e a incenso. Toda a récita foi suficientemente prejudicada pela deficiente ventilação da sala, de modo a justificar um convite de Cecília a Maria Sabina para um refresco no bar do cassino. Fernando Correia Dias, um rosto bronzeado de camponês lusitano, bebeu um vermute e primou pelo silêncio. As damas beberam limonada. Cecília foi cordial sem efusão. A conversa morreu antes de começar. No dia seguinte, Manuel Bandeira descreveu o casal Meireles-Correia Dias como uma associação leonina, de que a poetisa seria a parte vencedora.

— Como na fábula de Esopo – explicou –, o lobo come o cordeiro. O desenho de Fernando desaparece perante a poesia de Cecília. Nos jornais em que colaboram, ele é contratado para ilustrar as crónicas dela. Conheces aquele poema do Drummond: "*Desgraçadamente falta uma letra / uma letra somente /para acabar teu nome*"? É algo assim que Fernando sente na pele. E que, progressivamente, o tem lançado para os braços de Saturno.

Nem sempre assim tinha sido. O português, chegado quase adolescente ao Rio, adquiriu de imediato reputação e encomendas de ilustrador e grafista junto de jornais e editoras de âmbito nacional. Recebera apoio de Ronald de Carvalho, político, diplomata e escritor a quem vinha recomendado. Intelectual cosmopolita,

Ronald estudara em Paris, percorrera a Europa e, entre o Brasil e Portugal, relacionara-se com Luís de Montalvor, aliás Luís da Silva Ramos, diplomata português que servira na legação portuguesa no Rio. Muito provavelmente, foi este, companheiro de Pessoa e diretor do primeiro número da *Orpheu*, que recomendou Correia Dias a Ronald de Carvalho, codiretor no Rio do que parecia ser uma revista de futuro e não passou do segundo número. A rede de influências e conhecimentos do brasileiro filo-europeu serviu de esteio ao jovem recém-chegado, tido, com razão ou sem ela, por representante dos modernistas lisboetas, numa época em que a cultura portuguesa atraía ainda literatos e artistas do Rio. Foram anos faustos para Correia Dias. A editora Anuário do Brasil contava-o entre os responsáveis gráficos. Leite Ribeiro, o mais conhecido dos editores cariocas, encomendava-lhe capas de livros. Para a revista *Terra de Sol* contribuíra com a capa, vinhetas e capitulares. Tinha sido também ele o responsável pelo projeto gráfico da revista *Festa*, órgão do modernismo carioca que serviu de modelo à *Presença*, a revista do segundo modernismo português. Um grafismo requintado e simples, o de Correia Dias, assim o classifica Andrade Muricy, um esteta das tipografias, no *Panorama do movimento simbolista brasileiro*. Tudo isso acontecera na década de 20, época em que Fernando conheceu Cecília, com quem casou em 1922, tinha ela 20 anos e ele 29. Nesse ano-charneira de 1922, os espíritos mudavam no Brasil. À exaltação nacional do centenário da independência seguiu-se um longo período de nacionalismo, na sociedade, na política, nas letras e nas artes. Data de fevereiro do mesmo ano a Semana de Arte Moderna, de São Paulo, manifestação ruidosa que, entre a inovação estética e o culto do primitivismo nas expressões mais intransigentes, pretendia criar uma arte radicalmente brasileira. Ao anti-portuguesismo, popular numa cidade onde o comércio e a agiotagem estavam em mão de portugueses, correspondeu o divórcio com a cultura lusitana, que se sagrou como um dos signos distintivos da independência brasileira. Correia Dias encontrava resistências onde antes havia acolhimento e encomendas. Ronald de Carvalho partira para missões diplomáticas no estrangeiro e, de regresso ao Rio, esquecera o cosmopolitismo, escrevia poesia de exaltação patriótica e entrou para a casa civil de Getúlio Vargas, o caudilho nacionalista. Morreria num acidente de automóvel em fevereiro do ano fatídico de 1935, que foi também (ironia dos deuses!) o do suicídio de Correia Dias e da morte de Pessoa. "*I know not what tomorrow will bring*."

"Fernando viu a vida com uma simplicidade que ela não tem", escreveria Cecília depois da morte do marido em carta aos amigos portugueses. "Passou de leve pelos amigos, sem se dar conta. Dedicou-se aos que nunca o entenderam nem amaram – apenas o aproveitaram. Por estes sacrificou muito. E nenhum deles agora me apareceu. Andou sempre um pouco longe da verdade, à força de detestar a mentira."

No início da década de 30, Cecília crescia, afirmou-se, escrevia e publicava, em livro e em jornais, poemas, crónicas e ensaios. Fernando passou a ser o grafista, o ilustrador dos poemas e o marido da poetisa. Apenas isso?

— São artes diferentes, não são competitivas, as artes poéticas e as artes plásticas – observou Maria Sabina.

— Saturno contraria a expansão de Júpiter – insistia Manuel Bandeira. – Júpiter é expansão, Saturno retraimento. Aí tens o casal que encontraste ontem.

Maria Sabina, pensativa, alinhou a madeixa branca que, como um feixe de luz, lhe caía pela testa.

— A poesia – disse – começa onde as palavras se gastam. E a pintura?

— Provavelmente, a pintura de Correia Dias começa, ou antes, começaria, onde se esgota o traço do desenho humorístico e da ilustração, atividades de jornal que têm constituído o ganha pão da casa. Ou pelo menos de parte da casa, pois suspeito que a leonina Cecília, professora do ensino público, é já a provedora-mor do lar.

— E a pintura, insisto, onde começa a pintura?

— A pintura não se esgota no traço nem nas formas. Nem sequer nas cores. Bouvard e Pécuchet procuraram preencher o vazio do pensamento na jardinagem, na agricultura e no fabrico de conservas. O vazio permaneceu. Dedicaram-se à arqueologia, à filosofia e ao espiritismo. Sem quaisquer resultados válidos. O vazio continuava. Regressaram à profissão inicial de ambos, a de copista.

— E qual era a profissão de Correia Dias em Portugal, antes de se tornar marido de Cecília Meireles? Copista? Espírita?

— Marido, isto é, *o marido* – corrigiu Manuel Bandeira, cujo trabalho burocrático, no Ministério da Educação, o habituara a precisar os estados civis. – A profissão de Correia Dias em Portugal? Quem tem profissão aos 21 anos depois de vagos estudos em Coimbra? Tinha talento, não duvido, e teve um certo reconhecimento como caricaturista. Conhecia pintores e poetas. Frequentava-os? Talvez. Tanto quanto o feitio taciturno e o caráter reservado lhe permitiam. Deixa-me recorrer ao condicional: *lhe permitiriam*. Pouco ou nada, suspeito. Era caricaturista com talento, como ainda o é. Pintor? Nunca vi pintura do nosso homem.

Em setembro de 1934, Cecília Meireles e Correia Dias partiram para Lisboa a convite de António Ferro e da mulher, Fernanda de Castro. Regressaram ao Rio em janeiro do ano seguinte. Ao obséquio oficial de Ferro (o ministro de Propaganda de Salazar, assim o designa Cecília) adicionaram-se chamadas das universidades de Lisboa e Coimbra e de uma associação de jornalistas do Porto (a Faculdade de Letras da cidade tinha sido encerrada por deslealdade para com a ditadura). A digressão, a que a imprensa deu o relevo dos atos do Estado Novo português, consagrou a poetisa e marginalizou o desenhador. Cecília era a musa, Fernando o acompanhante. Para agravar o quadro, Cecília tinha publicado meses antes *Batuque, samba e macumba*, um conjunto de estudos que ela própria ilustrara com desenhos e aguarelas, proeza que os jornais portugueses noticiaram com encómios à artista de todas as artes. Cecília escreveu para o jornal *A Nação*, do Rio, um diário da viagem para Lisboa no paquete *Cuyabá*. O marido teve direito a ilustrar as crónicas, e pintou os temas da viagem: paisagens, passageiros, a tripulação, o comandante e, vista do tombadilho, a gente de terceira classe. O desenho, com predominância das caricaturas, é de qualidade sem inovação. As aguarelas e os óleos, reproduzidos no *Diário de bordo*, de Cecília Meireles e Fernando Correia Dias, publicado só em 2015, prenunciam uma pintura que não chegaria a amadurecer, centrada nas relações de cores e formas, capaz de criar campos de luz que captam a essência do espaço para além da representação das coisas, das pessoas, dos objetos ou dos elementos. Ou dos sonhos. *Fernando Correia Dias – um poeta do traço*, de Osvaldo Macedo de Sousa, de 2013, é um registo exaustivo da obra do artista, marcada pela tentativa de uma síntese entre as correntes estéticas da primeira metade do século XX. Mais do que o *Diário de bordo*, o álbum revela um domínio do desenho e do grafismo que não transparece nos últimos trabalhos, como se, perto do fim, o marido de Cecília Meireles se tivesse fatigado da criação. Simbolismo, impressionismo, expressionismo, modernismo, Correia Dias, artista plástico de obra tão ignorada quanto a de Apeles ou de São Lucas, perdeu-se para sempre entre dois mundos.

Em Lisboa, no Porto e em Coimbra, Cecília poetou, conferenciou e autografou. Correia Dias, que deixara Lisboa na miragem de reconhecimento artístico no Brasil, voltava do Brasil sem reconhecimento, e era identificado no país de que era nacional na qualidade ínclita de marido da poetisa brasileira. Se tivera outrora camaradas nas artes, nas letras e na boémia, tinham-no esquecido. Na correspondência dirigida a José Osório de Oliveira, o escritor português que organizou a excursão a Portugal, Cecília escrevera: "Precisamos de um programa compacto: política, literatura, pensamento, arte, pedagogia, paisagem e gente! Gente!" Gente era algo que não se inscrevia nas preferências de Fernando, e a arte a que a mulher se referia era certamente a das letras. Nada foi mencionado das musas das artes plásticas, e Correia Dias, que trouxera trabalhos na esperança de uma exposição, não teve direito a qualquer evento que lhe fosse dirigido no atributo de artista do traço e do pincel. Chegou melancólico a Lisboa, sentiu-se estrangeiro no país onde nascera, seguiu melancólico o programa da poetisa. Raquel Bastos, mulher de José Osório de Oliveira, cantora lírica habituada a caracterizar personagens, dizia que ele tinha "ar de não se importa." Neurasténico, assim o catalogou. Só saiu do casulo nos dias passados com a família, em Moledo de Penajóia, nas arribas do Douro. O casarão, frio e húmido, atravessado pelo uivo dos ventos, era conhecido na aldeia por Palácio da Boa Esperança. Entre vinhas e penedos, a mansão olhava para as montanhas e para o rio, disse Cecília, por uma infinidade de vidraças. No portal, uma divisa: Valor, Lealdade e Mérito. Quem lá entrava já de lá não saía, era esse o mérito da casa. E a esperança dos habitantes. Fernando quis ficar, depois quis partir, depois não quis nada. "Nada, nada, nada", murmurava. À beira do rio era noite, por cima da terra era dia: quem escreveu este verso e quem o pintou? Fernando pegava no lápis e na paleta, representava a paisagem, o nevoeiro que subia do vale, o sol que descia no horizonte, um deus bárbaro de sangue e luz que o ameaçava. Punha de parte os instrumentos da arte, ia bebendo vinho fino e dormitando à lareira. Embalado pelo crepitar das chamas, regressava ao tempo perdido do passado, quando ainda possuía a pedra filosofal do futuro.

Em Coimbra, enquanto Cecília falava aos lentes, Fernando esperava-a pelos passos perdidos. Eugénio de Castro, grande professor e poeta mediano, candidato ao Nobel e à eternidade, abordou-o: "Dizem-me que o senhor faz uns desenhos..." O outro olhou-o, impávido, sem o ver. "Talvez queira ilustrar o meu novo livro." Fernando não o ouvia. "Mostre-me os seus bonecos, talvez convenham a um livro místico." Fernando despertou: "Não convêm." E virou as costas ao lente, cuja poesia Cecília prezava. Consta da lenda que, em terras de Portugal, Cecília manifestou repetidas vezes vontade de conhecer Fernando Pessoa. É provável que a ideia e as circunstâncias dessa vontade tenham sido exageradas pelo posterior reconhecimento lusófono e internacional dos dois poetas, mas é certo que Correia Dias, que vinte anos antes se teria relacionado com Pessoa, tentou sem grande resultado promover o encontro de ambos. Finalmente, foi Armando Cortes-Rodrigues, poeta do *Orpheu* e da *Presença*, quem combinou uma tertúlia a quatro na Brasileira do Chiado, a sede social da poesia lusa, às onze da manhã da antevéspera do regresso ao Brasil de Cecília e Fernando. Os três esperaram em vão durante duas horas. Cortes-Rodrigues, Violante de Cysneiros em certos momentos de inspiração exuberante, dissertou longamente sobre o modernismo nos Açores, sua terra natal e onde Cecília tinha raízes familiares. O modernismo açoriano era atlântico, decidiram os dois poetas, sem que a conotação literária do adjetivo tivesse sido esclarecida. Cortes-Rodrigues e Violante de Cysneiros louvaram o arquipélago, os nevoeiros, os vulcões, as baleias, as lagoas, o capacete. As ilhas eram femininas, dizia Violante de Cysneiros, o vulcão do Pico masculino, acrescentava Cortes-Rodrigues. À uma da tarde, Cortes-Rodrigues pegou no chapéu de coco, meteu Violante no bolso, desculpou-se e partiu, com votos de boa viagem e protestos de consideração pelos visitantes. No hotel onde o casal se hospedava, o Borges, porta com porta com a Brasileira, havia na receção, deixado por Pessoa ele próprio, um exemplar da *Mensagem*, acabada de sair da tipografia. O livro cheirava a tinta fresca, o que parecia incomodar o rececionista. O autor dedicava-o a Cecília, apenas a Cecília, segundo umas versões, ou a Cecília e a Fernando, segundo outras. Saberia Pessoa quem este era? Ainda se lembrava do jovem caricaturista com quem em tempos se teria cruzado? Consta ainda da mitologia literária luso-brasileira que, num bilhete ortónimo, Pessoa se desculpava da ausência, alegando que os astros não consideravam propício um concílio de poetas nesse dia. As glosas do desencontro, que são muitas, variam em pormenores, nas razões e desrazões, no conteúdo da dedicatória e no texto e assinatura do bilhete. Certo é que Cecília e Pessoa se aproximaram, se consertaram por interposto poeta e se perderam no Chiado, entre a Brasileira e o Hotel Borges. Tudo isto aconteceu sob a égide de Armando Cortes-Rodrigues e Violante de Cysneiros, num lapso de duas horas, numa manhã de dezembro de 1934. E Correia Dias, que fazia Correia Dias entre Cecília, Pessoa, Cortes-Rodrigues, Violante de Cysneiros e o rececionista do Hotel Borges? Encaminhava-se para o suicídio, que iria cometer em novembro do ano seguinte, o mês que seria também, por capricho dos astros, o da morte de Fernando Pessoa. "*I know not what tomorrow will bring.*" Naquele dia, enquanto Cecília dava uma última volta pelas livrarias, ele meteu-se na cama, de cabeça tapada pelo cobertor. No Rio, era o marido de Cecília, em Lisboa já nem isso. Dois dias depois, regressava ao Brasil encerrado no camarote do *Bagé*, comendo pouco e sem conseguir dormir. Deixava, esquecidos em Moledo de Penajóia, os trabalhos que inutilmente trouxera do Brasil.

Em fevereiro, Cecília foi homenageada no Hotel Glória com um jantar oferecido por *A Nação*. Mesa de uma trintena de convidados, presidida por Azevedo Amaral, redator-chefe do jornal, que dava a direita à poetisa e a esquerda ao diplomata que representava o embaixador de Portugal, o cônsul-adjunto no Rio, Marcelo Mathias, um jovem letrado que teria depois nas Necessidades uma carreira da confiança de Salazar. Apesar de ter sido nos anos anteriores o grafista de *A Nação*, Correia Dias ficou relegado para o fim da mesa. Era, uma vez mais, apenas o marido da homenageada, sentado entre Maria Sabina e Adolfo Aizen, o redator do suplemento infantil do jornal. Indiferente a quem o rodeava, Aizen foi desenhando os convivas como se crianças monstruosas fossem, o que permitiu a Correia Dias abrir-se com a declamadora. Era um homem acossado, compreendeu ela de imediato.

— A viagem, o mar, o paquete, apreciou tudo isso? – perguntou Maria Sabina. Era uma maneira trivial de iniciar uma conversa, de que logo se arrependeu. – Nem sei que lhe pergunte...

Correia Dias sorriu, fascinado pela madeixa branca de Maria Sabina. De súbito, numa iluminação, ela surgia-lhe familiar e absurdamente próxima.

— Não precisa de perguntar nada. Eu digo tudo. Durante a viagem de ida, desejava voltar depressa ao Rio. Depois quis ficar. No regresso, em pleno Atlântico, queria voltar para Lisboa, onde o café é, insensatamente, melhor do que no Rio. Foi assim. – Riu. – Como vê, não precisou de perguntar. No paquete ouvia a gente de terceira classe cantar trovas populares portuguesas. Era (como hei de dizer?) intenso. Quis ficar em Portugal, mas achei isso uma impertinência do humor. O mar era belo, mas provocava-me visões noturnas. Estava acompanhado, mas estava só. A solidão de quem está com alguém é funesta, inigualável. – Hesitava. Fez uma pausa, desviava o olhar. – E o mar ampliava a minha solidão. Ou o meu desespero. Ou a minha desesperança. Tudo isso. Sempre o mar. Mar a bombordo, mar a estibordo, mar de dia e mar de noite. Ondas que batiam na janela, não sei se sabe.

— Sei – respondeu Maria Sabina, comovida. – Sei o que são visões noturnas. E a solidão...

— As diurnas são bem piores. De manhã havia o cristal do ar. Transparente.Pintava, pintava até me esgotar. Pintava a inconsistência dos céus, a vastidão do azul marinho, a escultura barroca das nuvens, o recorte das ondas que acompanhava o perfil das nuvens. Há muito que não pintava assim.

— E as visões noturnas?

— Ah! – disse ele, o rosto contraído, a boca crispada. – As visões noturnas! Às vezes eram apenas a continuação das aguarelas diurnas. Púrpura, carmim, dourado, verde. Outras vezes, via grandes aves marinhas, o albatroz talvez, ou raças dessas, que embatiam no vidro da escotilha. Aves grandes, gigantes, que continuam a aparecer-me, mesmo depois do regresso. Agora dão bicadas na janela do meu quarto. Só eu as ouço.

— Só!? – perguntou Maria Sabina.

— A solidão de quem está com alguém e, no entanto...

— A solidão, eu sei. – A voz de Maria Sabina baixara uma oitava.

Correia Dias encheu de vinho tinto português o copo de Maria Sabina. Beberam ambos, calados, numa espera mútua. Da janela avistava-se a noite estrelada sobre a enseada. Barcos minúsculos pescavam à candeia. Ainda havia banhistas na praia, que nesses anos, antes da construção do aterro do Flamengo, chegava à Avenida do Mar. Uma paz equívoca, uma tranquilidade enganadora, pensou Maria Sabina. Raramente bebia álcool, e experimentou nesse serão um bem-estar inesperado e chocante. A um sinal de Fernando, o garçom voltou a encher os copos, uma, duas, três vezes, e ela recordou-se de uma história que lera em tempos nos jornais ingleses, a do homem dos lobos, o paciente de

Freud que, durante os sonhos noturnos, via, através da janela do quarto aberta de par em par, sete lobos sentados nos ramos de uma árvore. Os lobos, brancos, de caudas grandes, olhavam-no intensamente, impávidos, sem se mexerem. O pobre acordava aterrorizado.

— E já falou desses sonhos a alguém? - perguntou Maria Sabina, suavemente, em voz sumida. - Esses albatrozes são uns urubus. Um médico... talvez.

— Um psiquiatra, é isso? - Fernando torcia as mãos, puxava pelos dedos. - Um psicanalista, como esses que por aí agora se anunciam? Os tais que investigam a sexualidade da neurose? Não, não falei nem falo. - Hesitou, bebeu mais vinho, continha-se. - Falei com você, Maria Sabina. - Sorriu. Com a mão direita, húmida e fria, pegou na mão esquerda dela e apertou-a. Ela aceitou o gesto e, durante segundos

infinitos, o aperto das mãos figurou um abraço. – Chegou-me. Chega-me, por agora. Obrigado.
Chegava? Maria Sabina regressou a casa com um guardanapo de cambraia que, por distração, metera no bolso do vestido. Conservou-o, ícone de uma conversa que, com algum desconforto, considerava memorável. Quis devolvê-lo ao hotel e não o quis devolver ao hotel. De início guardou-o, enxovalhado, entre roupa que pouco usava, furtando-o aos olhares da criada. Depois lavou-o, passou-o a ferro e fez dele um lenço secreto, que usava de noite, no retiro do quarto. Uma tarde de chuva, triste e ventosa, sentiu que o coração estalava, foi buscar o lenço e recordou a conversa inacabada com Correia Dias. Sentada à mesa de trabalho, escreveu um soneto, que intitulou *O lenço*. Falava de um quadrado de cambraia transparente,

casa branca da saudade algente, acenando ao longe um adeus magoado. Terminava assim:

És um nada que é tudo em nossa vida,
Tens um mistério em tua trama, urdida
De sorrisos, de mágoa e nostalgia.

E abafando ora um riso ou um queixume,
Quantas vezes se embebe em teu perfume
A lágrima da dor ou da alegria.

Só voltaria a ver Fernando em novembro desse ano de 35. Morto e bem morto, os olhos abertos de defunto em sofrimento, a cabeça inerte sobre a rosácea azul e vermelha do arraiolo. Em frente do espetáculo abominável, ela formulou uma interrogação que era ainda a expressão da sua própria angústia. E se a existência que o pobre Fernando vivera, a morte hedionda em que estava afundado, essa alternância de figurações da ansiedade e da mortificação, se tudo isso pudesse ter sido evitado? Conteve as lágrimas. Nunca, Nada: eram estes os sinais que obtinha como resposta, e que tiveram a virtude de a aproximar do espírito do morto, que pairava na residência da rua de São Cláudio, perante a elegância alheada de Cecília e a curiosidade nauseante de quem entrava e saía. Um escândalo, tudo era um escândalo, porque tudo confluía na indeterminação do Nada. Em casa, acendeu uma vela em louvor do morto, afastando a ideia, que a perseguia, da falta de resposta ao pedido de socorro de Fernando no jantar no Hotel Glória. Deveria tê-lo procurado, ter-lhe telefonado, marcando um encontro à revelia dos outros, sobretudo de Cecília? Muitas vezes se propusera fazê-lo e outras tantas adiara um ato que suspeitava ousado. Devia ter forçado a ousadia. Agora era tarde, porém. Esse encontro era para sempre impossível, a não ser que ele, Cristo dos suicidas, mártir da descrença, voltasse um dia ao mundo dos vivos. Em Cambridge, ela lera Nietzsche com o professor de alemão, um sobrevivente da guerra na Flandres. A turma tinha preparado um recital com poemas de Nietzsche, e a hipótese horrenda do eterno retorno impôs-se-lhe. Disse em voz baixa o fragmento de um dos poemas, que lhe recordou a tranquilidade enganadora da noite do encontro com Fernando no Hotel Glória:

Gotas de ouro ondulantes
Resplandeciam circulando.
Gôndolas, luzes, música
Sorvidas pelo crepúsculo...
E como o acorde de uma lira,

Tocada por mão invisível,
Minha alma canta a si mesma,
Uma canção de gondoleiro,
Ondulante e melancólica.
Quem a ouvirá?

Até a tranquilidade enganadora do início do ano se eclipsara. O Brasil estava à beira da guerra civil, país dividido, com comunistas revoltados e militares em confronto, gente presa, deportada, exilada, executada. A morte rondava, e a ronda da morte capturara aquele homem acossado a que ela não fora capaz de estender a mão. E se ele regressasse das trevas? E se tudo o que fora a vida e a morte de Fernando devesse ressurgir, uma, duas, outra vez, muitas vezes, sempre? A chama da vela vacilava, e Maria Sabina sentiu no quarto, bem presente, o sopro de uma existência passada.

“Terás de viver ainda inúmeras vezes a vida que já viveste?”, murmurou. “E não haverá nada de novo na tua ressurreição, cada dor e cada prazer e tudo o que há de pequeno e de grande, de miserável e de grandioso em tua vida irá regressar, e tudo na mesma ordem implacável? Será assim, ou foi para pôr termo a esse fado que te suicidaste?”

Fernando Correia Dias foi a enterrar no cemitério de São João Batista, no talhão dos suicidas. Sem padre, sem orações, sem santos, sem crucifixo, como exigia a igreja católica. Maria Sabina experimentou durante meses sentimentos contraditórios entre o remorso por não ter sido capaz de responder ao pedido de ajuda e a indignação perante o suicida, o modo como executara o ato fatal, investida contra a família, amigos, gente que o estimava, gente que o ignorava, gente que não o avaliava, contra todos, contra o mundo, talvez mesmo contra ela própria, Maria Sabina de Albuquerque. Essa antinomia resolveu-se no pesadelo que iria apropriar-se-lhe das noites: no interior de um losango crescia a rosácea azul e vermelha do tapete da casa do suicida, que aumentava de volume até quebrar os lados do losango, metamorfoseando-se em castelos de nuvens, grandes como montanhas. Maria Sabina recorreu a médicos, a neurologistas e a curandeiros. Recusando falar da origem do pesadelo, não quis consultar psiquiatras, ainda menos psicanalistas. Por vezes, o pesadelo dava-lhe tréguas, ou então esvaía-se de tal modo que, não lhe impedindo o sono, ela o esquecia. Quis ignorá-lo, retirar-lhe importância e significação. No entanto, a imagem pavorosa infiltrava-se em tudo o que fazia, na escolha dos textos a declamar, nos livros que publicava, nas pessoas com quem mantinha relações e naquelas que evitava. Não voltou a privar com Cecília, com quem apenas se cruzava em acontecimentos públicos. Em maio de 1945, estiveram a meia dúzia de metros nas escadarias do Teatro Municipal, comemorando o fim das hostilidades. Durante os cânticos e os discursos, Maria Sabina sentiu na nuca o olhar de Cecília e fez os impossíveis por não a encarar. Quando a multidão começava a dispersar, acenou-lhe um adeus e afastou-se. Em 1956, a Editora José Olympio organizou uma sessão de homenagem a Manuel Bandeira, que completava 70 anos. Paulo Gracindo leu poemas do homenageado. A pedido deste, Maria Sabina disse um poema de Drummond e outro de Cecília Meireles. Quando Bandeira indicou para a sessão a *Vigília do Senhor Morto*, de Cecília, Maria Sabina opôs-se.

— Triste – disse –, fúnebre. Dirige-se ao morto. Evoca a tragédia da família.

— Por isso mesmo – respondeu Bandeira. – O sofrimento é um dos critérios fundadores da poesia de Cecília. É um poema que tem filiação direta em Garrett e António Nobre.

Maria Sabina abanava a cabeça, entre o sim, o não e o talvez.

— Hum... Mais Soares dos Passos, *O noivado do sepulcro.*

— Enganas-te! Cecília Meireles é o Garrett do século XX. Não teme fazer poesia da morte daqueles que ama.

— Talvez... talvez... – Maria Sabina insistia. Viu a rosácea, o vermelho, o azul, o resto. Foi inflexível: – Cecília está no seu direito de transformar em poesia a morte do marido. Eu não.

Acabariam por escolher *Alva*, poema que, cantando a morte, não apostrofava o ser amado:

Caminhei tantos caminhos,
Tanto tempo e não sabia
Como era fácil a morte
Pela seta do silêncio
No sangue de uma alegria.

Falando por Cecília, em trovas de desesperança, Maria Sabina sentiu-se reenviada a um passado que, não tendo sido o dela, fazia em definitivo parte dela. Sentiu-se outra, soube que o suicídio de Fernando lhe dizia respeito, marcando a sua própria vida desde tempos anteriores à morte do marido da poetisa. Desde a infância, desde o nascimento mesmo, pensou, para logo afastar essa ideia incongruente. Viu Cecília, que viera agradecer-lhe, através de um véu de sombras, feridas, suspeitas. "Todo o mundo está vendo que a minha vida está morta", dizia o poema. Entre as vidas mortas de ambas jazia o cadáver de

Fernando, abandonado em cima do arraiolo vermelho e azul.

Manuel Bandeira apercebeu-se da turvação que a sacudia. Dias depois, sem nada perguntar, deixou cair o nome de Nise da Silveira, sugeriu-lhe que apoiasse a obra da psiquiatra, que mantinha na Casa das Palmeiras, em Botafogo, um centro de reabilitação pela arte de antigos internados em instituições psiquiátricas. Ele próprio colaborava ocasionalmente com a clínica, avaliando trabalhos dos pacientes, lendo poemas, dissertando sobre literatura e artes plásticas. Maria Sabina aceitou a sugestão. Queria encontrar no altruísmo uma atividade que, para além do trabalho, a fizesse sair dela própria e do abatimento que sabia rondá-la. Durante um ano contribuiu com sessões de terapia da fala para a reabilitação de pacientes cuja passividade os encerrava no silêncio ou na afasia.

Apaziguava as suas próprias paixões ajudando os que tinham perdido a palavra. Ou pelo menos assim esperava.

— Para certos pacientes – disse-lhe um dia Nise da Silveira –, o Logos é tão sagrado que se torna intocável. *Non sum dignus.* Não falo. É proibido. Noutros casos mais comuns, a relação com o Logos estagna na recusa de nomear uma coisa, um evento, uma pessoa.

Maria Sabina admitiu que a psiquiatra lhe abria a porta a uma conversa pessoal. Dias depois, durante um café que tomavam a sós, a propósito do caso clínico de uma paciente, falou-lhe do sonho que continuava a atormentá-la. Narrou pormenores, omitindo o nome do morto.

— Não sei de quem se trata – mentia –, o que é ainda mais inquietante.

— Provavelmente existe um rasgão da alma. Ou uma paixão esquecida, ou então ignorada, não declarada. Haveria de explorar a mente para se chegar a saber qual. Uma tarefa de fôlego...

— Uma paixão ignorada? Qual!? – Maria Sabina encolhia os ombros. – Qual!? Sempre quis para mim uma existência ética, nada mais. Uma vida clara e pura, nada mais. Sempre quis viver sem nada de secreto, nada.

Nise da Silveira observava-a com olho de entomologista.

— Talvez a totalidade do seu ser esteja contida nesse sonho – disse. – Pode tratar-se de uma mónada, uma unidade primordial que integra todas as partes da sua existência física e mental. É raro poder estudar um fenómeno desses em alguém que é capaz de o exprimir.

Maria Sabina inquietou-se:

— Seria capaz? Duvido. – E consigo própria: "Irei querer? É isso que quero?"

Nise da Silveira apercebeu-se da inquietação e da dúvida.

— Não receie os sonhos. Nem os pesadelos. Todos temos de nos habituar a viver com o que o passado nos lega. Podemos transformar aquilo que não conseguimos ultrapassar. Tudo pode tomar novas qualidades.

— Novas!? Como?

— O tema interessa-me. Se quiser podemos falar. Quando quiser. Aqui ou noutro local.

A conversa ficou por aí. No fim desse ano, Maria Sabina afastou-se da Casa das Palmeiras e de Nise da Silveira. Dedicou-se a incumbências cívicas que quis entender como obrigações irrecusáveis. Talvez o fossem, mas, regularmente, insidiosamente, invadiam-na a dúvida, o ceticismo e o desespero. Dividia-se entre o curso, as sessões do Movimento Artístico Brasileiro, que juntava as artes do espetáculo, e a direção da Federação Brasileira pelo Progresso Feminino, que, depois da morte de Berta Lutz, representou em congressos internacionais. Assegurava casas cheias na Associação Brasileira de Imprensa, percorria o Brasil em recitais e encontros poéticos. Muitos poetas, antigos e modernos, a que chamava os seus clássicos, chegaram através dela ao conhecimento de um público vasto: de Camões a Mário de Andrade, de Pessoa a Jorge de Lima, de Garrett a Murilo Mendes, de Cesário Verde a João Cabral de Melo Neto. A partir da década de 60, a arte de dizer cristalizara na educação de debutantes para as cortesias burguesas, que a imprensa noticiava na secção Mundana, abusando de lugares seletos dos salões de periferia. Antigas discípulas de Maria Sabina animavam academias provincianas de letras, que as iam recebendo com a dignidade de imortais, ao som de hinos da Pátria, que no Brasil são vários. Eram "declamadoras de indiscutíveis méritos", que liam poemas de "jovens aedos" e de "poetas encantados", figuras ressuscitadas em noite de solenidade, "por cronológica ordem do falecimento." Tudo isto ocorria antes que a televisão se ocupasse da matéria em programas populares e *talk shows* patrocinados por marcas comerciais. Em contraponto, Maria Sabina, que privilegiava o culto da palavra falada e escrita, substituía a declamação pela dicção. Recorria ao estudo e ao apuro para adequar o texto e a mensagem com práticas de sonoridade e acústica. Tratava-se de uma espécie de resgate sem compensações externas, mas que, transitoriamente, a aliviava das feridas da alma e do desejo. Em 1965 estagiou durante três meses na Comédie française e dedicou a permanência em Paris exclusivamente à paixão do saber. Por vezes concluía que essa paixão era inútil, e que nada no mundo existia para além do sonho da rosácea, o nome que consigo mesma dava ao alvoroço noturno a que acabara por se habituar. Escrevia, reescrevia, rasgava, publicava pouco ou nada. Refundiu várias vezes os poemas dos livros editados, sem que o resultado final a satisfizesse. "Demasiados adjetivos, muitos substantivos abstratos, poucos substantivos concretos", considerou. A vida, tinha a certeza, era um processo aleatório. Maria Sabina de Albuquerque era uma figura pública com quem ela, Maria Sabina de Albuquerque, às vezes se cruzava. Aos sábados, havia o chá na Colombo de Copacabana, encontros com amigos, conhecidos, editores ou pais de discípulas, quase sempre preparativos de publicações ou saraus. Manuel

Bandeira, Manu, que aparecia de vez em quando e com quem ela falava regularmente ao telefone, era o seu amigo mais próximo. Não tinha confidentes, nunca aceitou intimidades para além das afinidades da mente e das familiaridades com o irmão único e com o filho único do irmão. Tivera na juventude um noivo oficial, um jovem advogado, poeta de uma academia de letras dos arrabaldes, Alberto Gomes Leite, desaparecido em 1923, vítima de atropelamento aos 26 anos, tinha ela 25. Maria Sabina chorou o defunto na medida em que as conveniências da sociedade o exigiam. Sem grande empenho, esperou ao longo da vida uma anunciação que não chegou. Morreu donzela, pelo menos tão virgem quanto a Virgem Maria. Quanto mais se aproximava dos anos do fim, mais claramente admitia quanto toda ela se encontrava contida no enigma da sua existência noturna.

O octogésimo aniversário de Manuel Bandeira foi comemorado em 1966 com manifestações nacionais, patrocinadas pelo chefe da ditadura militar instaurada dois anos antes, o marechal Castelo Branco, que condecorou o poeta com a Ordem do Mérito Nacional. O editor José Olympio organizou no Rio uma sessão pública com a participação, segundo consta da imprensa, de mais de mil pessoas, entre elas Maria Sabina de Albuquerque. A pedido de Manu, a declamadora aceitou ler para os restantes 999 presentes "*A última cantiga*", de Cecília Meireles, que dois anos antes abandonara o mundo dos vivos. Admitiu que a perseverança de Bandeira em Cecília se devia ao propósito de lhe exigir uma evidência para além das possibilidades humanas. Aceitou o repto que, mais do que um estímulo, era um empenho.

Ainda que seja tarde e em vão,
Perguntarei por que motivo
Tudo quanto eu quis de mais vivo
Tinha sempre por cima escrito "Não".

O pranto de Cecília, que era o pranto dela própria, reconciliou-a com a poetisa. Não a sossegou, porém. O sonho da rosácea tornou-se mais insistente, regressava mais do que uma vez por noite, intensamente azul e intensamente vermelho. E sempre, sempre, no centro da rosácea, a cabeça desarticulada do suicida. Condecorado em Brasília e venerado no Rio, Bandeira estava pronto para entrar na eternidade, o que aconteceu em 1968.

Maria Sabina seguiu o cortejo fúnebre até ao cemitério de São João Batista. Acompanhava-a Eunice de Albuquerque Gonzalez, parente próxima, residente no Rio, com quem, em nome das gestas familiares, mantinha relações cordatas mas cerimoniosas. Eunice, Nice para os conhecidos, apareceu com uma sobrinha, Ana d'Albuquerque, então com dezasseis anos e já aficionada de literaturas, poesias, vidas, presenças e mortes literárias. Foi esse o primeiro encontro de Ana com Maria Sabina, memorável para a jovem literata. A caminho do mausoléu da Academia Brasileira de Letras, onde o bardo teria morada, as três passaram pelo antigo talhão dos suicidas, que, depois do concílio Vaticano II, perdera o estatuto da indignidade humana e da condenação divina. O roxo das manacás em flor estremava o talhão. A campa rasa de Fernando Correia Dias, rodeada por uma cerca de ferro enferrujado, estava ao abandono, coberta de urtigas que dificultavam a leitura do nome. Maria Sabina retirou uma rosa vermelha do ramo destinado ao poeta e pediu a Ana d'Albuquerque que a colocasse na campa.

Com a agilidade da juventude, a prima saltou a cerca e depositou a rosa sobre o N de FERNANDO.

— *Fer ando* - leu. - *Fer* e *ando.*

— Já não tem nome - disse Nice.

— Já não tinha - disse Maria Sabina.

Sentiu-se tomada por um desejo absurdo de sofrer. Realidade, cisma ou apenas uma citação poética? O tempo e a memória começavam a pesar-lhe. A boa dicção passara de moda, já nem a gente do teatro a cultivava. Fechou o Curso Olavo Bilac, limitou as funções públicas à Fundação pelo Progresso Feminino, de que era uma das diretoras, o que a obrigava a viagens de representação pelo Brasil e pelo estrangeiro. Numa deslocação a Petrópolis assistiu ao atropelamento de um rapaz que atravessava a estrada. Por pouco teria sido ela a atropelá-lo. Deixou de dirigir nesse mesmo dia, e contratou um motorista escolhido pelo Automóvel Clube. O atropelamento, sem consequências de maior, reavivou-lhe a visão de outro atropelamento, esse sim mortal. A imagem que guardava da relação com Alberto Gomes Leite limitava-se à agonia do noivo, com o crânio esfacelado, finando-se ao longo de três infindáveis, tristes dias. Não era o signo de um apego, mas de uma desistência. Num domingo em que rasgava papéis velhos encontrou o recorte de *A noite*, de 1 de março de 1923. O jornal, em que Alberto tinha colaborado, relatava os momentos finais do jovem e transcrevia um soneto que ele escrevera, esforçado, decadentista e premonitório. Começava assim:

Sinto-me um tronco decepado e avisto
Por sobre a serra a lua em ascensão,
Como, sonhando, devem tê-la visto Buda,
Heráclito, Sócrates, Platão.

Os troncos em que me assento depois disto
A que os destinos os reduzirão?
Será, talvez, a luz de um novo Cristo
Ou – quem sabe? – vai ser o meu caixão.

Aproximava-se o tempo, concluía o autor nos tercetos finais, em que não haveria na Terra nem uma vaga lembrança do seu nome, nem um leve resquício do seu pó. Maria Sabina não se recordava de alguma vez ter lido o poema, provavelmente já dito e redito nos recitais das academias que, em seu nome e quase sempre contra o seu critério, antigas alunas suas organizavam pelo país. A curiosidade levou-a a procurar nas estantes a *Caravana dos destinos,* o único livro que Alberto publicara. Na dúvida, classificara-o entre os poetas simbolistas. Folheou o livro, em busca do soneto. Lá estava, entre outros do mesmo teor (Alberto era sonetista, o que permitia forçar a inspiração). Ia pôr de parte o livro quando, num desassossego, descobriu algo que lhe passara despercebido nos longínquos anos 20: a capa, uma belíssima recriação orientalista, era de Correia Dias. Sentiu-se tomada por emoções contraditórias. O azul cinzento dos céus, o marfim das nuvens e da areia, o castanho da caravana de camelos, tudo era de uma qualidade bem superior à dos versos. Correia Dias ali estava, vivo, sólido, categórico. Maria Sabina disse em voz alta, como se seus fossem, dois versos de Cecília: *Tudo quanto eu quis de mais vivo / Tinha sempre por cima escrito "Não"*. Ambas tinham falhado o encontro com Fernando Correia Dias, subestimando-o, abandonando-o ao destino da caravana que ele pintara com um requinte que era uma excelência da alma. Alisou a capa e a contracapa do livro, enrugadas pelo tempo. Folheou-o uma vez mais. Ao sobressalto sucedeu a lucidez. Compreendeu que os poemas de Gomes Leite, entre o incipiente, o ingénuo e o fáustico, prenunciavam o resultado final da sua própria obra. Agora, meio século depois, era ela quem chegava ao fim do percurso, o inevitável destino da caravana, e compreendia quanto, longe da busca dos clássicos da modernidade que constituíra o seu projeto de vida, a arte de dizer tinha originado uma fauna de declamadoras, senhoras e senhoritas que divulgavam e escreviam uma poesia pomposa e esdrúxula para uso de salões suburbanos. Tinha procurado a palavra, promovera o rumor. Ideias, temores, demónios, tormentos: viu-se mergulhada num aquário, engolindo a água avidamente, como os peixes que a rodeavam. No exterior acumulava-se um público trocista, que ria da pobre anfíbia. Entre o público, rindo mais do que os outros, estava ela própria. Foi à cozinha buscar um quindim e um cálice de porto. Tentou serenar, sentada na poltrona magistral onde, no passado, regera o curso. Os cálices de porto sucederam-se. A lembrança cara de uma intimidade que não tivera com Correia Dias, de uma comunhão com a arte do pintor incompreendido, de uma vida a dois num espaço e num tempo virtuais, adquiriu realidade e espessura. Era um cristal negro e rutilante, que foi crescendo de tamanho até ocupar toda sala, envolvendo-a num amplexo que era um bálsamo. Adormeceu na poltrona. Já de manhã, dois urubus observavam-na em silêncio, imóveis no parapeito da janela.

Em dezembro de 1978, completou 80 anos e recebeu as homenagens devidas. Houve recitais, saraus, discursos e a atribuição em Brasília da Ordem do Mérito de Rio Branco.

A título privado, a homenageada ofereceu a familiares e amigos um almoço em casa do sobrinho, João Luiz de Albuquerque, na Barra da Tijuca. Feijoada, em dia de verão soalheiro. Entre caipirinhas, cervejas e café, faltavam pratos, copos e xícaras, e Ana d´Albuquerque, jovem de boa vontade, ofereceu-se para dar uma mão na cozinha. Com a ajuda do motorista da aniversariante raspava e empilhava pratos enquanto as criadas lavavam a loiça e empratavam iguarias. Foi então que alguém bateu com insistência à porta de serviço. Uma das criadas foi abrir e vislumbrou um vulto na obscuridade do átrio dos elevadores. Tentou em vão ligar a luz. Uma voz grave, sem timbre nem modulação, soou no fundo do átrio:

— Quero falar com a senhora... dona Maria Sabina.

— Quem é o senhor? – perguntou a criada a medo.

— Ela sabe quem eu sou. Está-me esperando. Diz-lhe.

Avisada, Maria Sabina veio à porta e mandou entrar o vulto para a área de serviço. Era um ser de estatura média, sem sombra de dúvida um homem, vestido de negro e *sem rosto*, contaria Ana d'Albuquerque. Ou seja: o rosto do visitante dissolvia-se no brilho do sol e do mar que inflamava a cozinha. Maria Sabina e o vulto falaram durante breves minutos. Através da porta de vidro fosco, Ana, o motorista e as criadas viam duas figuras que conversavam e que, por momentos, juntaram as mãos, as quatro mãos, entrelaçadas, unidas como correntes. O vulto saiu como entrara, ser indistinto e sem rosto que deixou a cozinha abismada.

Maria Sabina e a prima regressaram à sala sem trocar palavra. Ninguém dera pelo toque da campainha nem se apercebera do visitante. João Luiz, um homem da música e do cinema, projetava numa parede branca o brasão dos Albuquerques, oferta de parentes dos Açores que tinha visitado.

— O modelo de brasão - dizia - é esquartelado. O primeiro e o quarto do escudo são de prata, com cinco escudetes azuis postos em cruz, cada um carregado de cinco besantes de prata. O segundo e o terceiro pedaço são vermelhos, com cinco flores-de-lis de ouro. Quinas e flores-de-lis, queridos parentes, vejam bem! E atentem na intensidade do azul e do vermelho. As nossas cores heráldicas!

O coração de Maria Sabina quebrou-se, esquartelado como o brasão. O azul e o vermelho. O vermelho e o azul. A força do azul e do vermelho invadia a sala, projetava-se no Atlântico, no firmamento, no infinito. As cores dos Albuquerques eram as do arraiolo da morte de Fernando, as dos sonho da rosácea, as das nuvens que lhe assombravam as noites. João Luiz continuava a informar a assistência dos parentescos açorianos, dos tópicos da heráldica, das ciências da genealogia, as tais que, de tão rigorosas, podem conduzir o parentesco até aos índios do mato e às negras da cozinha. Mas ela já não o ouvia. Tinha o espírito ocupado na conversa com o visitante. Vermelho e azul, azul e vermelho. No dia seguinte procurou o abade da igreja de Nossa Senhora da Glória do Outeiro e encomendou uma missa pela alma de Fernando Correia Dias. Não informou ninguém. Igreja vazia às sete de uma manhã de verão. Só ela e o celebrante. Não comungou, mas aceitou ler o Evangelho de São Mateus, 6:5,6:

> *E, quando orares, não sejas como os hipócritas; pois se comprazem em orar*

em pé nas sinagogas e às esquinas das ruas, para serem vistos pelos homens. Em verdade vos digo que já receberam o seu galardão. Mas tu, quando orares, entra no teu aposento e, fechando a tua porta, ora a teu Pai em segredo; e teu Pai, que vê em segredo, te recompensará publicamente.

No momento da intercessão do abade pelo eterno descanso da alma do defunto, Maria Sabina dirigiu-se mentalmente ao suicida: "Terás de viver ainda inúmeras vezes a vida que já viveste? E não haverá nada de novo na tua ressurreição? Cada dor e cada prazer e tudo o que há de pequeno e de grande, de miserável e de grandioso em tua vida irá regressar, e tudo na mesma ordem implacável? Não pode ser assim! Recusa esse destino, meu pobre amigo. Se regressares, regressa outro." À saída foi agradecer ao abade, um tradicionalista que aceitava orar pelos suicidas, disse, porque o bispo lhe impunha os novos códigos litúrgicos.

— Não concordo mas obedeço – acrescentou. – Até um novo catecismo! Uma missa por alma de um suicida é algo que faço com piedade clerical, mas de cuja eficácia cristã duvido. Pergunto-me se, em casos destes, uma missa negra não seria mais apropriada.

— Não conheço nenhum celebrante de missas negras – respondeu Maria Sabina, Albuquerque mais do que nunca. – Se o abade tiver indicações nesse domínio, agradeço que me informe.

Conteve a raiva e as lágrimas, virou as costas ao abade e aproximou-se da cerca do outeiro. Tentou reencontrar a visão de tranquilidade de quatro décadas antes, no jantar do Hotel Glória: a enseada, a praia, os banhistas, os pescadores. Em vão. O aterro do Flamengo afastara a Glória da enseada. Por entre a vegetação, adivinhavam-se uma praça, um monumento e o trânsito automóvel. Nada do passado regressou: nem a paisagem, nem a ansiedade de Fernando, nem o pedido de socorro de Fernando, nem a mão húmida de Fernando. Nem a tranquilidade equívoca daquela noite antiquíssima de fevereiro de 1935.

Nessa tarde, o chá na Colombo de Copacabana foi com Ana d´Albuquerque, que preparava uma tese de mestrado sobre a influência da poesia trovadoresca no modernismo brasileiro.

— Uma aposta criativa - comentou Maria Sabina. - Se for avante, merece um prémio literário. De ensaio ou, pelo menos, de ficção. A aprovação no mestrado, não sei...

A conversa percorreu a poesia brasileira do século XX e chegou necessariamente a Cecília Meireles. Mais do que em qualquer outro poeta, era em Cecília que a influência trovadoresca estava presente. Nem Maria Sabina nem Ana o disseram, mas ambas o sabiam. Um silêncio cresceu entre ambas. Beberam o chá e comeram pastéis de caipirinha, a nova especialidade da casa. De Cecília, a conversa passou depois para Fernando. Maria Sabina relatou a missa e a opinião do abade acerca da eficácia comparativa da missa católica e da missa negra.

— Um abade católico que recomenda a missa negra! - Ana continha o riso. De repente lembrou-se da visita do homem sem rosto e da conversa que ele mantivera com a prima. - Tudo é possível.

— Estamos em plena extravagância, minha querida –, retorquiu Maria Sabina.

— Na verdade - concordou Ana d´Albuquerque, sem saber a que santo se encomendar. – Na verdade – repetiu, sem saber onde estava a verdade.

Maria Sabina organizava os temas:

— A ficção, a poesia, a missa católica rezada por um abade anti-Vaticano II. A extravagância, numa palavra.

Ana d´Albuquerque não sabia se devia rir ou chorar.

— Sei – disse. – Sei bem o que isso é.

Impresso em papel polen soft,
tipologia Garamond 12/14, em março de 2021.